www.tredition.de

AF185051

Fred Flinspach

Abenfug mit Onkel Erwin

Kanuzelten

&

Camping-Chaos

»Lustige Abenteuergeschichten«

Das Buch

Onkel Erwin liebt die Natur und das Abenteuer. Allerdings überschätzt er seine Fähigkeiten maßlos. Nur gut, dass Katja und ihr Bruder Olaf ihm auf seinen spannenden Reisen zur Seite stehen.

Es ist Nacht. Katja und Olaf sind beim Camping mit Onkel Erwin in ein Gewitter geraten. Jetzt kämpfen sie verzweifelt gegen den anbrandenden Regen und die Sturmböen, die drohen ihr Zelt zu zerreißen. Durchnässt und am Ende ihrer Kräfte krallen sie sich am Zelt fest. Warum haben sie nur auf Onkel Erwin gehört? Dieses Mal stecken sie wirklich in der Patsche!

Fred Flinspach

Abenfug mit Onkel Erwin

Kanuzelten

&

Camping-Chaos

www.tredition.de

© 2020 Fred Flinspach

Verlag und Druck:
tredition GmbH, Halenreie 40-44, 22359 Hamburg

ISBN
Paperback: 978-3-347-19862-3
e-Book: 978-3-347-19864-7

Bibliografische Information der Deutschen Nationalbibliothek:

Die Deutsche Nationalbibliothek verzeichnet diese Publikation in der Deutschen Nationalbibliografie; detaillierte bibliografische Daten sind im Internet über http://dnb.d-nb.de abrufbar.

Alle Personen, Orte und Ereignisse dieser Geschichten sind frei erfunden. Ähnlichkeiten mit lebenden Personen oder Orten sind rein zufällig.

Für meine Kinder,

die mich ausreichend lange ›bearbeiteten‹, bis ich damit begann, unsere Gutenachtgeschichten in Buchform zu bringen ...

... und für meine Frau,

die mir dafür den Rücken freihielt.

Inhalt

Kanuzelten... 7

Kapitel 1 – Onkel Erwin...................................8

Kapitel 2 – Vor dem Sturm..............................11

Kapitel 3 – Festhalten! 18

Kapitel 4 – Pizza bis zum Umfallen 27

Kapitel 5 – Der nächste Morgen.........................34

Kapitel 6 – Onkel Erwin kann es nicht lassen.....41

Camping-Chaos 49

Kapitel 1 – Endlich Ferien!................................50

Kapitel 2 – Freiheit auf zwei Rädern..................54

Kapitel 3 – Abenteurer in Seenot.......................59

Kapitel 4 – Großfisch im Visier! 69

Kapitel 5 – Volltreffer! 82

Kanuzelten

Kapitel 1 – Onkel Erwin

Kennt ihr Onkel Erwin? Nein? Dann will ich euch von ihm erzählen, denn er ist ein echt klasse Typ!

Überall, wo Onkel Erwin aufkreuzt, verbreitet er gute Laune und ist bei allem, was er anfängt, hochmotiviert. Leider überschätzt er seine Fähigkeiten oft maßlos. Er denkt Vieles nicht zu Ende, was dann häufig zu kleineren und größeren Katastrophen führt. Nur gut, dass seine Nichte Katja und ihr Bruder Olaf ihm bei seinen Abenteuern zur Seite stehen und ihn aus dem schlimmsten Schlamassel herausboxen. Meistens jedenfalls.

Katja ist übrigens vierzehn Jahre alt. Olaf hält sie für eine Besserwisserin. Na ja, vielleicht hat er damit ja auch ein bisschen recht. Aber eigentlich befasst sich Katja nur ausführlich mit den Dingen, die sie interessieren und weiß deshalb über manches weitaus mehr als ihr Bruder.

Die meiste Zeit mag Katja ihren Bruder sehr, aber manchmal ist Olaf eine echte Nervensäge. Kleine Brüder müssen so sein, hört sie immer wieder, dabei ist er gar nicht so klein. Mit seinen zwölf Jahren ist Olaf bereits fast so groß wie Katja.

Katja wiederum reicht Onkel Erwin knapp bis unters Kinn, Wobei sie sich zum Messen gar nicht so dicht vor ihn hinstellen kann, denn er hat einen ziemlich dicken Bauch. Es ist umso erstaunlicher, dass Onkel Erwin trotzdem supersportlich ist.

Erwin schwimmt, radelt und joggt mehrmals in der Woche mehr als 10 Kilometer. Außerdem interessiert er sich sehr für Extremsportarten wie Fallschirmspringen oder Freeclimbing, was ihn schon oft in arge Bedrängnis gebracht hat. Am liebsten aber wandert er in den Bergen, außerdem liebt er Zelten und hält sich für einen Überlebenskünstler, der jeder Situation problemlos gewachsen ist.

Onkel Erwin ist genau dreißig Jahre vier Monate und zwei Tage älter als Katja. Er hat eine sehr große Nase und eine Glatze. Durch seine Körpergröße ragt er aus einer Menschenmenge deutlich hervor und ist so leicht zu finden. Meist trägt Erwin blaue Jeans und gelbe Pullis oder karierte Holzfällerhemden. Könnte man ein zitronengelbes Holzfällerhemd kaufen, so würde Onkel Erwin nur noch darin herumlaufen, vermuten die Kinder. Alleine die Vorstellung daran führt bei Katja und Olaf zu einem Lachanfall.

Katja und Olaf finden Onkel Erwin absolut spitze. Zu dritt haben sie schon die irrwitzigsten Abenteuer erlebt, die Katja ›Abenfugs‹ getauft hat, eine Mischung aus den Wörtern ›Abenteuer‹ und ›Unfug‹, den Onkel Erwin dabei meist verursacht.

Kapitel 2 – Vor dem Sturm

Diesmal fing alles damit an, dass Onkel Erwin sich ein neues Zelt kaufte. Ein ganz besonderes Zelt. Ein Zelt, das man nur in die Luft werfen musste, damit es sich von selbst entfaltete und aufstellte. Das war natürlich sehr bequem. Vor allem, wenn man sich beim Aufstellen eines normalen Zeltes so schwertut wie Onkel Erwin. Beim letzten Zelt-Ausflug hatte er sich so sehr in die Zeltschnüre verstrickt, dass er am Ende darin gefangen war wie ein Käfer im Spinnennetz. Olaf musste ihn freischneiden. Aber das ist eine andere Geschichte.

Erwin wollte sein neues Zelt gleich ausprobieren, und so fragte er die Kinder, ob sie spontan mit ihm auf eine Kanutour mit Übernachtung gehen wollten. Beide sagten sofort zu.

Am Wochenende ging es los. Nach einer Stunde Autofahrt erreichten die drei ihr Ziel. Viel länger hätte das von Onkel Erwin nur mit dünnen Gummischnüren auf dem Autodach befestigte Kanu auch gar nicht gehalten. Onkel Erwin stellte das Auto auf dem Parkplatz eines beliebten Ausflugsrestaurants ab. Er zeigte auf das Gebäude, das direkt am Ufer eines großen, von breiten Schilfgürteln und undurchdringlichem Wald umgebenen Sees lag.

»Hier soll es superleckere Pizza geben«, meinte Onkel Erwin. »Da gehen wir bei Gelegenheit mal hin. Aber jetzt stürzen wir uns erstmal ins große Abenteuer!«

Am Seeufer ordneten sie die gesamte Ausrüstung, verpackten dann alles in wasserdichte Säcke und verstauten diese im Kanu. Das Boot war so vollgepackt, dass sie fast keinen Platz mehr zum Sitzen fanden.

»Haben wir nicht ein bisschen zu viel eingepackt?«, fragte Olaf, als er das jetzt tief im Wasser liegende Kanu sah.

»Haben wir auch alles dabei, was wir WIRKLICH brauchen?«, warf Katja fragend in die Runde.

»Natürlich haben wir alles!«, ertönte Erwins Antwort,

»wir haben ALLES und damit auch ALLES, was wir brauchen!«

Katja verdrehte die Augen.

»Kinder, wollt ihr noch länger hier herumstehen und mir Löcher in den Bauch fragen, während dort drüben am gegenüberliegenden Ufer ein Abenteuer auf uns wartet?«

Die beiden wollten nicht. Deshalb schnappten sie sich die Paddel und stiegen vorsichtig ins Kanu. Bei bestem Wetter, strahlend blauem Himmel und einer leichten Brise, gerade einmal stark genug, um die lästigen Stechmücken fernzuhalten, paddelten die drei über den See. Da das vollgepackte Kanu tief im Wasser lag, mussten alle kräftig ausholen, aber dafür war das Boot überhaupt nicht kippelig und die Überfahrt das reinste Vergnügen.

Als sie die andere Seite des Sees erreicht hatten, fuhren sie so lange am Ufer entlang, bis ein geeigneter Platz zum Übernachten gefunden war. Noch während Olaf und Katja mit dem Ausladen des Kanus beschäftigt waren, zerrte Onkel Erwin sein neues Zelt aus dem Packsack und warf es mit einem Ächzen hoch in die Luft. Staunend sahen die Kinder zu, wie das Bündel aus Stoff im hohen Bogen durch die Luft sauste, sich dabei entfaltete und als Zelt weich auf dem Boden aufschlug.

»Wow! Ein echtes Zelt!«, rief Olaf begeistert.

»Habt ihr etwa daran gezweifelt?«, fragte Onkel Erwin mit einer Sicherheit in der Stimme, die keinen Widerspruch duldete.

Katja rüttelte ein bisschen am Zelt herum. Es stand tatsächlich recht ordentlich da. Trotzdem begann sie, das Zelt mit Sicherungsleinen und Heringen im Boden zu verankern. Für alle, die noch nie zelten waren: Heringe sind keine Fische, sondern Haken aus Metall, die man mit dem Hammer in den Boden schlägt. Sie sehen ein bisschen aus wie große Nägel. Damit befestigt man das Zelt, dass es bei Sturm nicht davonfliegt.

»Katja, was soll das?« Onkel Erwin schaute sie mit schräg gelegtem Kopf an.

»Ich mache unser Zelt sturmfest«, antwortete sie. Onkel Erwin brach daraufhin in schallendes Gelächter aus.

»Sturmfest? Welcher Sturm?«

Sein Lachen war so ansteckend, dass Olaf mit einstimmen musste.

»Schöner kann das Wetter wohl kaum noch werden!«, rief er prustend. Onkel Erwin musste so lachen, dass er sich verschluckte und einen Hustenanfall bekam, worauf Olaf noch lauter lachte. Katja stand nur da und schüttelte den Kopf.

»Eben, es kann nur schlechter werden«, war ihre unterkühlte Reaktion. Als die beiden nicht aufhören wollten, ging Katja ein paar Schritte am Ufer entlang. Manchmal waren die beiden echt nicht zu ertragen!

Als Katja nach einer halben Stunde wieder zurückkam, saßen Olaf und Onkel Erwin am knisternden Lagerfeuer. Auf einem Grillrost über dem Feuer brutzelten Bratwürste, die unglaublich lecker dufteten und genauso gut schmeckten.

»Buuaaahhhh, bin ich müde!« Olaf streckte seine Beine aus.

»Also ich verkrieche mich jetzt auch in meinen Schlafsack«, meinte Katja schläfrig.

Es dauerte nicht lange, bis die drei Abenteurer sich in ihre Schlafsäcke gekuschelt hatten und tief und fest schliefen. So tief, dass Katja und Olaf sich nicht daran störten, dass Onkel Erwin laut schnarchte. So laut, dass sich nicht einmal der vom Wurstgeruch neugierig gewordene Fuchs herantraute, sondern seinen nächtlichen Streifzug in einem weiten Bogen um das Zelt herum fortsetzte.

Und so bekamen die Schlafenden auch nicht mit, dass sich von Westen Wolken vor die funkelnden Sterne schoben und ein schweres Unwetter aufzog.

Kapitel 3 – Festhalten!

Windböen rüttelten am Zelt. Der Regen prasselte gegen die Zeltwände und presste sich durch jede Ritze, durch jede Naht und jeden Reißverschluss nach innen.

In Katjas Träume mischte sich ein Pfeifen, ein Rauschen und ein Ächzen von Bäumen, die sich im Wind bogen. Plötzlich fühlte sich ihr Gesicht so kalt an ... so nass!

»Ahhhhhhhh!!! Hilfe! Ich ertrinke!!!« Mit einem Schlag war Katja hellwach. Sie hatte sich im Schlaf umgedreht und lag plötzlich mit dem Gesicht in einer riesigen Wasserpfütze, die sich unter den Luftmatratzen gebildet hatte.

Von Katjas Geschrei aufgeweckt, fingen Olaf und Onkel Erwin an zu schimpfen. Alles, was sie anfassten, war klitschnass. Die Schlafsäcke, ihre Kleider, einfach alles. Als Olaf endlich seine Taschenlampe gefunden hatte, sahen sie im grellen Lichtstrahl Kekse durch das Zelt schwimmen. Selbst die Ersatzkleider und Handys waren baden gegangen – was für ein Schlamassel!

Plötzlich schlug eine Windböe mit voller Wucht zu und drückte die Zeltwand so weit herunter, dass die drei sich fast nicht mehr bewegen konnten. Mit einem lauten »Ratsch!« riss ein Stück Stoff vom Zelteingang ab und flatterte wie ein verrückt gewordenes Untier durch die Luft.

»Festhalten!« Onkel Erwin kämpfte sich aus seinem Schlafsack und warf sich auf den wild um sich schlagenden Stoff. Dabei traf ihn ein Reißverschluss so heftig ins Gesicht, dass sich ein blutiger Striemen auf seiner Wange bildete.

Auch Olaf und Katja schafften es aus den nassen Schlafsäcken heraus und hielten das Zelt so fest sie konnten. Der Sturm zerrte an ihnen und jede Minute fühlte sich wie eine Stunde an, aber die drei hielten durch.

Endlich ließen der Sturm und der Regen nach, sodass sie im ersten Licht des neuen Tages das ganze Ausmaß der Bescherung sehen konnten. Was einmal ein Zelt gewesen war, sah jetzt aus wie ein großes, orangefarbenes Kuddelmuddel aus Stoff, Schlafsäcken, Luftmatratzen und Kleidern. Alles war klatschnass geworden. Alle waren klatschnass geworden.

Sie begannen, die Umgebung abzusuchen, und trugen die Reste ihrer Ausrüstung zusammen, die der Wind weit über die Wiese verstreut hatte.

»Kommt Kinder, lasst uns alles ins Boot werfen und schnell zurück zum Auto paddeln, mir ist schweinekalt«, schlug Onkel Erwin vor. Katja schnappte sich ihren Rucksack und lief damit zum Ufer, um ihn in das Kanu …

»Unser Kanu ist weg!!!«, rief sie entsetzt.

»Wo ist es hin?« Olaf setzte sich mit vor Schreck weit aufgerissenen Augen mitten in den Matsch.

»Oje, auch das noch«, jammerte Onkel Erwin.

Als sie sich von ihrem ersten Schrecken erholt hatten, suchten sie zu beiden Seiten des Lagerplatzes das Seeufer ab, aber das Kanu blieb verschwunden.

»Dann müssen wir unser Zeug eben zum Auto zurücktragen«, bestimmte Onkel Erwin.

»Ich will aber nicht! Ich will mich nicht durch das ganze Schilf und die Brennnesseln kämpfen! Mir ist kalt und ich habe keine Lust mehr!« Olaf klang jetzt ziemlich genervt. Er tat Katja fast schon ein bisschen leid. Sie konnte ihn gut verstehen, denn auch ihr war ziemlich kalt. Katja wollte aber keine Schwäche zeigen und so spielte sie die ganz coole

Expeditionsleiterin, denn irgendjemand hier musste jetzt mal die Sache in die Hand nehmen. Mit Jammern alleine kommt man schließlich nicht nach Hause.

Katja schlug vor, nur die Ausrüstungsgegenstände in die Rucksäcke zu packen, die wertvoll und nicht allzu schwer waren, und alles andere später abzuholen. Doch Onkel Erwin wollte nicht auf sein nagelneues Zelt verzichten.

Zunächst versuchte er, das Zelt irgendwie zusammenzulegen. Nachdem das nicht gelang, weil es unter Spannung stand und sich immer wieder selbst aufzurichten versuchte, sprang er schließlich mitten hinein und raffte alles zu einem Knäuel zusammen. Er wickelte die Zeltschnüre um das Knäuel und warf es auf den Strand.

Schneller, als irgendjemand hätte reagieren können, lösten sich die Schnüre jedoch wieder, das Zelt entfaltete sich zu voller Pracht und ein Windstoß wehte es auf den See hinaus.

»Bleib hier!!« Onkel Erwin stand mit vor Wut tiefrotem Gesicht knietief im Wasser. Er war dem Zelt nachgerannt, aber leider nicht schnell genug gewesen. Jetzt drohte er dem Zelt mit erhobener Faust.

»Wenn ich dich zu fassen bekomme!«

Bekam er aber nicht, denn das Zelt war fort. Vom Wind getrieben wurde es immer kleiner und verschwand schließlich am Horizont. Alle standen nun jämmerlich frierend und müde am Ufer, bis Katja wieder das Kommando übernahm.

»So, ihr zwei, mal herhören! Onkel Erwin, du suchst alles zusammen, was wir nicht tragen können, und versteckst es so, dass es nicht geklaut wird, aber auch so, dass du es später wiederfindest. Olaf, du suchst den besten Pfad durch den Schilfgürtel. Früher oder später treffen wir bestimmt auf einen Weg, der uns zurück in die Zivilisation führt.«

»Katja, wir sind hier nicht im Dschungel«, meckerte Olaf. Da er aber keinen besseren Vorschlag hatte, stapfte er mürrisch voran.

Onkel Erwin leistete keinen Widerstand, er war wegen des verlorenen Boots und dem vom Winde verwehten Zelt total geknickt.

Zuerst kämpften sie sich durch hohes, dichtes Schilf. Wenn sie nicht vorher mit dem Kompass die Richtung bestimmt hätten, wären sie bestimmt viel länger umhergeirrt, aber Olaf hatte mitgedacht. So stießen sie, wie von Katja vorhergesagt, nach einer Stunde Fußmarsch auf einen Weg, der in die richtige Richtung führte.

Durch das Laufen wurde ihnen wenigstens wieder warm. Trotzdem war die Wanderung äußerst unangenehm, denn die nassen Schuhe und Socken rieben ihnen die Haut an den Fersen auf. Als sie endlich den Parkplatz erreichten, war es bereits früher Nachmittag.

»Geschafft!« Onkel Erwin stand überglücklich vor seinem Auto.

»Jetzt aber schnell ins Auto und ab nach Hause! Die restliche Ausrüstung holen wir morgen ab. Ich will mich erst ausruhen.«

Onkel Erwin begann in seinem Rucksack zu kramen. Erst langsam, dann immer hektischer. Schlussendlich nahm er den Rucksack und schüttelte den Inhalt achtlos auf den Boden vor seine Füße.

»Das gibt es doch nicht! Wo ist mein Autoschlüssel???«

Katja und Olaf sahen Onkel Erwin entgeistert an.

»Onkel Erwin, hast du den Schlüssel nicht gestern Abend in das Seitenfach des Zeltes gesteckt?«, fragte Olaf vorsichtig.

»In die Seitentasche des Zeltes, das heute Morgen davongeflogen ist?«, stöhnte Katja.

»Das darf doch nicht wahr sein!«

»Was machen wir jetzt?«

Eine lange Pause entstand.

Kapitel 4 – Pizza bis zum Umfallen

Während Onkel Erwin verzweifelt vor seinem Auto auf den Boden sank und an einem klebrigen, durchgeweichten Keksriegel knabberte, trat Katja wütend gegen eine Getränkedose, die irgendjemand achtlos weggeworfen hatte. Die Dose flog im hohen Bogen durch die Luft und landete direkt im nahen Mülleimer.

»Katja, warum spielst du eigentlich nicht bei uns im Verein Fußball?«, wollte Olaf wissen. Olaf machte so ein verdutztes Gesicht, dass Katja sich das Lachen nicht verkneifen konnte. Dann drehte sie sich um und ging auf eine Wandergruppe zu, die in diesem Moment auf den Parkplatz kam. Sie erläuterte mit wenigen Worten ihre Situation und bat eine Frau, ihr kurz das Handy auszuleihen. Das Handy von Onkel Erwin und ihr eigenes Gerät waren ja durch den Tauchgang unbrauchbar geworden. Katja rief ihren Vater an, der versprach, sich gleich auf den Weg zu machen, um die gestrandeten Abenteurer abzuholen.

Olaf und Onkel Erwin waren sehr erleichtert! Onkel Erwins Blick fiel auf das Ausflugsrestaurant. Da kam ihm eine Idee.

»Wie wäre es jetzt mit einer Pizza?« Onkel Erwin verstaute die Sachen, die er ausgeschüttet hatte, wieder im Rucksack.

»Pizza klingt klasse!«, stimmten die Kinder begeistert zu.

»Dann lasst uns gleich ins Restaurant gehen«, schlug Onkel Erwin vor. Angetrieben von der Aussicht auf ein leckeres Stück Pizza, setzten sich Olaf und Onkel Erwin sofort in Bewegung.

»Wartet!«, stieß Katja hervor. »Ich muss vorher diese Schuhe loswerden, die bringen mich noch um!« Katja zog sich die durchnässten Wanderstiefel und die blutigen Socken aus und warf sie achtlos neben Erwins Auto auf den Boden. Rasch fand sie ihre Flip Flops im Rucksack, schlüpfte hinein und schon war sie bereit.

Am Restaurant angekommen, wurden die drei von einem herbeieilenden Kellner an der Eingangstür abgefangen. Der Kellner bat sie höflich, sich draußen an einen der Tische auf der Terrasse zu setzen, da sie noch immer über und über mit Matsch verkrustet waren und auch etwas unangenehm rochen.

Den Abenteurern war das egal.

»Ich könnte eine ganze Familienpizza weghauen!«, sagte Olaf, während er die Speisekarte las.

»Kinder, sucht euch aus, was ihr wollt!«, meinte Onkel Erwin großzügig.

Es dauerte den Hungrigen viel zu lange, bis sie ihr Essen bekamen. Endlich! Der Kellner brachte drei große Teller!

Dann begann ein gieriges Schlingen und Futtern. Erst als nur noch Krümel auf den Tellern lagen, wurde wieder gesprochen. Für die Gäste an den Nebentischen war das, was sie da mitansehen und hören mussten, sehr unangenehm.

Katja und Olaf hatten sämtliche Anstandsregeln vergessen und stopften sich mit beiden Händen die Pizzastücke in den Mund. Der Belag tropfte von ihren Mundwinkeln auf das Tischtuch und auf ihre Hosen. Onkel Erwin war auch kein Vorbild. Als er nach einem zu großen Schluck Limonade lauthals rülpste, stand sogar eine Familie vom Nebentisch auf und suchte sich einen neuen Tisch im Restaurant.

»Herr Ober, die Rechnung bitte!«, rief Onkel Erwin schließlich zum Unmut aller anderen Gäste quer über die Tische. Das Gesicht des Kellners wurde daraufhin sehr grimmig. Dann wurde Onkel Erwin plötzlich ganz leise. Er hatte nämlich bemerkt, dass er seinen Geldbeutel im Auto vergessen hatte!

»Mein Geldbeutel liegt im Auto«, raunte er Olaf und Katja zu.

»Warum?«, raunte Katja zurück.

»Weil ich dachte, dass wir beim Paddeln kein Geld brauchen.«

»Oh je«, meinte Olaf.

Der Kellner hatte den Tisch schon fast erreicht …

»Kinder, habt ihr eine Idee?«

Katja dachte fieberhaft nach. Dann hatte sie die Lösung. Schon baute sich der Kellner vor Onkel Erwin auf, der immer tiefer in seinen Stuhl sank und heftig zu schwitzen begann.

»Das macht dann 35 Euro, bitte!«, blaffte der Kellner Onkel Erwin an.

Es entstand eine kurze Pause.

»35 Euro, tja, ähhhh, die 35 Euro …«

»… die werde ich bezahlen!«, beendete Katja den Satz.

»Die wird die junge Dame bezahlen!«, rief Onkel Erwin sichtlich erleichtert.

Der Kellner schüttelte den Kopf und nahm das Geld von Katja entgegen, die es zuvor aus ihrem Rucksack gekramt hatte.

Etwas angewidert hielt der Kellner die völlig durchgeweichten Geldscheine mit spitzen Fingern von sich weg und schritt erhobenen Hauptes zur Kasse.

»Danke! Danke Katja!«, flüsterte Onkel Erwin. »Lasst uns gehen.« Mit prall gefüllten Bäuchen machten sich die Abenteurer schwerfällig auf den Rückweg zum Parkplatz.

Nur wenig später traf Olafs und Katjas Vater ein. Sie waren gerettet! Endlich nach Hause, endlich eine warme Dusche! Als sie an dem Restaurant vorbeifuhren, meinte ihr Vater:

»Ich habe einen Bärenhunger. Wie wäre es, wenn wir ...«

»Nee Papa, lass mal bleiben«, sagte Olaf. Und Katja ergänzte:

»Lass uns lieber zu Hause einen Salat machen, ist eh gesünder.«

Ihr Vater machte daraufhin ein so entgeistertes Gesicht, dass Onkel Erwin schallend zu lachen begann und alle mit einstimmten.

Kapitel 5 – Der nächste Morgen

Katja, Olaf, ihre Eltern und Onkel Erwin, der im Stockwerk über der Familie wohnte, saßen rund um den großen Esszimmertisch und genossen ein herrliches Frühstück mit Rührei und gebratenen Speckstreifen, duftenden Brötchen und frischem Orangensaft. Wie könnte ein Tag noch besser beginnen?

»Hey Katja, das ist mein Croissant!«, rief Olaf wütend quer über den Tisch.

»Gar nicht wahr! Ich hatte das bestellt!«, fauchte Katja zurück. Es knisterte vor Hochspannung, als sich die Blicke der Kinder trafen. Die Eltern wussten, dass es in wenigen Sekunden zu einem heftigen Streit kommen würde, denn bei Croissants verstanden beide gar keinen Spaß.

Bevor irgendwer reagieren konnte, geschah jedoch etwas Unerwartetes. Onkel Erwin schnappte sich das Croissant von Katjas Teller, leckte es schnell von unten nach oben ab und legte es zufrieden vor sich auf seinen eigenen Teller.

»Onkel Erwin!«, riefen Katja und Olaf entsetzt.

»So eine Gemeinheit!« Olaf war außer sich.

Von den Eltern hörte man keinen Mucks, die waren vor Überraschung ganz starr geworden.

»Was habt ihr denn?« Onkel Erwin tat völlig unschuldig.

»Wie es scheint, hattet ihr ein Verteilungsproblem, das ich für euch gelöst habe. Ich habe euch also sehr weitergeholfen, ihr solltet mir dankbar sein.«

»Erwin, das kannst du doch nicht machen«, beschwerte sich nun auch Katjas und Olafs Mutter, die sich wieder aus ihrer Starre gelöst hatte. Sie versuchte

empört zu wirken, aber alle merkten sofort, dass sie sich das Grinsen verkneifen
musste.

»Gut gemacht, Erwin!«, sagte Papa
lachend, worauf Katja ihn streng ansah.

»Immer müsst ihr Jungs zusammen-
halten«, meckerte sie.

»Stimmt doch gar nicht!«, rief daraufhin Olaf

»Er hat schließlich mein Croissant
abgeleckt!«

Während Onkel Erwin sein Croissant
zuerst liebevoll mit Butter, dann dick mit
Erdbeermarmelade bestrich und genüss-
lich hineinbiss, blätterte Katja in der Ta-
geszeitung.

»Wow, hört euch das an. Hier steht,
dass gestern mehrere Wanderer ein Ufo
über dem See gesehen haben, an dem wir
zelten waren. Augenzeugen berichteten,
es habe rötlich geschimmert und sei laut-

los knapp über der Wasseroberfläche da-hingeglitten, um dann plötzlich hinter den Bäumen einer kleinen Insel zu verschwinden.« Katja las vor:

»Das Ufo löste einen großen Polizei-einsatz aus. Später fanden Spürhunde das vermeintliche Ufo in einem Gebüsch. Es handelte sich nach Angaben der Polizei um ein Zelt, das sich im Sturm losgerissen hatte.«

»Wow, toll! Das hätte ich gerne live miterlebt!«, rief Onkel Erwin mit verschmiertem Mund. Die Kinder verdrehten daraufhin die Augen. Hatte Erwin das gerade ernst gemeint? Noch bevor irgendjemand etwas dazu sagen konnte, klingelte es an der Tür.

Olaf öffnete, kam zurück und meinte:

»Polizei für dich, Onkel Erwin.«

»Die Polizei? Was will die denn von mir?« Onkel Erwin verschluckte sich an einem Krümel und hastete zur Tür.

»Besitzen sie ein orangerotes Zelt?«, fragte der Beamte.

Eine Gesprächspause entstand.

»Nein, eigentlich nicht, warum?«, antwortete Onkel Erwin zögerlich.

»Weil dieses Zelt gestern einen Polizei-Großeinsatz mit drei Hubschraubern auslöste, nachdem einige Leute panisch den Notruf wählten, als sie sahen, wie ein Ufo über den See flog.«

»Ein Ufo – so, so – über den See, ha, ha, ha!« antwortete Onkel Erwin vergnügt.

»Ach, das Ufo, von dem in der Zeitung steht«, rief Olaf begeistert. Er hatte sich zu Onkel Erwin in den Flur geschlichen und kam jetzt aus seiner Deckung.

»Genau dieses Ufo«, entgegnete der Polizeibeamte.

»Und was hat das mit mir zu tun?«, fragte Onkel Erwin ganz unschuldig. War er wirklich so ratlos oder spielte er das nur? Die Kinder waren verblüfft über so viel Schauspielkunst.

»Sind Sie sicher, dass Ihnen kein Zelt fehlt? Ein Zelt mit einer Seitentasche? Mit einem Schlüssel in der Seitentasche? Mit einem Adressanhänger am Schlüssel? Einem Anhänger, auf dem Ihr Name steht? Halten Sie das alles für Zufall?«

Onkel Erwin begriff. Onkel Erwin begriff und wurde plötzlich ganz bleich. Er schwankte und suchte am Türrahmen Halt.

»Awaas – reiner Zufall!« Onkel Erwin hatte sich schnell wieder gefangen und versuchte doch tatsächlich, den Polizeibeamten anzuschwindeln.

»So, dann schauen wir doch einmal nach«, entgegnete der Beamte und drückte auf den Autoschlüssel.

Draußen in der Hofeinfahrt stand Onkel Erwins Auto, das plötzlich zum Leben erwachte. Die Scheinwerfer leuchteten auf und die Blinker blinkten heftig um die Wette.

»Sie können die Sache jetzt für sich und uns einfacher machen, indem Sie zugeben, dass das Zelt Ihnen gehört«, sagte der Polizeibeamte nun sichtlich zufrieden. Man hätte als Beobachter des Geschehens fast das Wort ›vergnügt‹ hinzufügen können.

»Bekomme ich es dann zurück?«, fragte Onkel Erwin kleinlaut.

»Vielleicht, aber jetzt kommen Sie bitte erst einmal mit auf das Polizeirevier.«

Kapitel 6 – Onkel Erwin kann es nicht lassen

Es war bereits später Nachmittag, als Onkel Erwin endlich wieder von der Polizei zurückkam. Olaf sah ihm durch das Fenster zu, wie er am Kofferraum seines Autos herumwerkelte.

»Du Katja, Onkel Erwin ist zurück! Sie haben ihn also doch nicht verhaftet.«

»Klasse! Ich hatte schon Angst, sie würden ihn ins Gefängnis stecken – wegen öffentlichen Ärgernisses oder so etwas.«

Sie hatte sich schon die schlimmsten Geschichten ausgemalt, nachdem Onkel Erwin so lange fortgeblieben war.

»Was hat er denn da mitgebracht?«

Die Kinder verfolgten gespannt, wie Erwin einen dicken roten Packsack und weitere Campingutensilien aus seinem

Auto auslud. Katja wollte nicht länger warten und öffnete das Fenster.

»Hallo, Onkel Erwin! Wo warst du so lange und was hast du denn da mitgebracht?«

»Ich habe den Vormittag damit zugebracht, unsere restlichen Sachen vom See zu holen.« Er zeigte auf seine vom erneuten Marsch durch den Schilfgürtel ziemlich schmutzige Hose und Schuhe.

»Danach war ich im Outdoor-Laden, um mir dieses supergeniale neue Expeditionszelt zu kaufen.«

»Ein was?«, rief Olaf hinunter auf den Hof.

»Ein Expeditionszelt!«, schallte es zurück.

»Wofür?«

»Für meine, also für unsere, zukünftigen Expeditionen!«

Als Onkel Erwin kurze Zeit später das Haus betrat und all die Einkäufe im

Flur auftürmte, musste er sich vorwurfsvolle Blicke von Katja gefallen lassen.

»Onkel Erwin, wir sitzen hier herum und machen uns große Sorgen um dich, haben Angst, dass du vielleicht ins Gefängnis musst und du treibst dich den ganzen Nachmittag im Outdoor-Laden herum?!«

»Und das OHNE uns!«, fügte Olaf hinzu.

»Papperlapapp! Jetzt habt euch nicht so.« Onkel Erwin war wieder ganz der Alte.

»Mit der neuen Ausrüstung werden wir noch VIEL Spaß haben, da bin ich sicher!«

»Ja, da bin ich mir sicher«, entgegnete Katja und verdrehte die Augen.

»Was hast du denn bei der Polizei gemacht?«, wollte Olaf wissen.

»Also Kinder«, fuhr Onkel Erwin fort. »Kinder, wir hatten ganz großes Glück!«

»Onkel Erwin, mit WIR meinst du wohl DICH, oder?«, unterbrach Katja ihn.

»Also gut, nun lasst mich aber weiter berichten. Auf dem Polizeirevier wurden meine Personalien aufgenommen und geprüft und dann musste ich die ganze Geschichte zu Protokoll geben: unseren Kanu-Ausflug, den tollen Abend am Lagerfeuer, den Sturm und das davonfliegende Zelt. Ich habe nur das mit dem Restaurant ausgelassen. Die Polizisten hatten danach so viel Mitleid mit mir, dass ich mit einer Verwarnung davongekommen bin. Ich musste aber versprechen, dass ich keinen weiteren Blödsinn anstelle.«

»Na, ob du das Versprechen halten kannst?« Katja klang nicht sehr überzeugt.

»Jedenfalls hatte ich auf der Rückfahrt so eine Idee. Wir könnten doch in den Pfingstferien Urlaub in Bayern machen. Ich kenne da einen klasse See. Ihr und eure Eltern kommt natürlich mit. Ihr mietet einen Wohnwagen und ich zelte. Ein Urlaub auf dem Campingplatz ist doch das Größte! Also habe ich mir ein extrem wasserdichtes, sturmfestes Expeditionszelt gekauft, mit extra stabilem Gestänge. Da kann mir kein Sturm mehr etwas anhaben! Es ist übrigens ein Kuppelzelt und mit wenigen Handgriffen aufgebaut.«

Irgendwie hatten Katja und Olaf das Gefühl, so etwas ähnliches vor Kurzem bereits schon einmal von Onkel Erwin gehört zu haben.

»Also du, wir und unsere Eltern und auf keinen Fall Onkel Alfons, oder?«, flehte Olaf ihn an.

»Alfons mitnehmen? Großartige Idee! Ich rufe ihn gleich an!«, kam Onkel Erwins prompte Antwort.

Onkel Erwin war jetzt nicht mehr zu bremsen und stürmte durch den Flur zum Telefon. Dabei stolperte er über das neue Zelt, riss mehrere Campingstühle um, die er eben dort abgestellt hatte und stürzte mit Schwung kopfüber ins Katzenklo, das eigentlich ganz harmlos in der Ecke stand.

Man hörte ihn Katzenstreu ausspucken, schimpfen, lachen und schon war er mit dem Telefon in der Hand hinter der nächstgelegenen Tür im Badezimmer verschwunden.

Bevor die Kinder ihm das Telefon entreißen konnten, hatte er die Tür verschlossen und Alfons Nummer gewählt. Von drinnen hörte man kurz darauf, wie Onkel Erwin und Alfons Urlaubspläne schmiedeten.

»Warum hast du Onkel Alfons erwähnt?«, fauchte Katja Olaf an.

»Weil, weil – Oh nein!«

»Onkel Erwin alleine stellt ja schon genug Unfug an, aber mit Onkel Alfons zusammen wird das bestimmt wieder in einer Katastrophe enden!«

Stille.

»Du meinst wie letzten Herbst bei unserem Urlaub auf dem Bauernhof, als Onkel Erwin wegen einer Wette mit Onkel Alfons eine Kuh melken wollte, sie aber mit einem Bullen verwechselt hat und dann zehn Meter weit durch die Luft geflogen ist?«

»Oder als Onkel Alfons behauptet hat, er wäre der beste Springreiter aller Zeiten. Onkel Erwin hänselte ihn dann so lange, bis er sich auf den wilden, jungen Hengst setzte, der sofort durchging. Erinnerst du dich an das Geschrei von Onkel Alfons, als der Hengst mit ihm quer durch den Maisacker galoppierte, um ihn danach elegant am nächstbesten Baum abzustreifen?«

Plötzlich änderte sich Katjas Gesichtsausdruck zu einem breiten Grinsen.

»Weißt du Olaf, sehen wir es mal positiv. Ich glaube mit den beiden werden wir eine Menge Spaß haben! Das wird bestimmt ein neues ›Abenfug‹ – Ein Abenteuer mit VIEL Unfug!«

Camping-Chaos

Kapitel 1 – Endlich Ferien!

Olaf und Katja freuten sich riesig, als der letzte Schultag geschafft war und sie eine Woche Pfingstferien vor sich hatten. Endlich konnte der geplante Campingurlaub starten. Es war vereinbart, dass Onkel Erwin und Onkel Alfons bereits am letzten Schultag losfahren sollten. Vor dem Ansturm der Urlauber auf die beliebten Reiseziele hatten sie die Mission, einen der schönsten Zeltplätze für die Familie zu reservieren. Die Kinder würden zusammen mit ihren Eltern am ersten Ferientag nachkommen.

Onkel Alfons ist eigentlich gar kein richtiger Onkel von Katja und Olaf, sie nennen ihn nur so.

Alfons ist ein Freund der Familie, den Erwin vor langer, langer Zeit angeschleppt hat.

Onkel Alfons ist wie Onkel Erwin ein echt klasse Typ, aber auch ziemlich außergewöhnlich. Onkel Alfons ist groß und sehr, sehr kräftig gebaut. Er ist so rund, dass sich sogar das Schwergewicht Erwin problemlos hinter ihm verstecken kann. Sein Kopf ist komplett glattrasiert, wobei er noch vor wenigen Monaten schulterlange Haare besaß. Warum er sich von seinen Haaren getrennt hat? Das kam so:

Wenn Alfons erst einmal schläft, dann schläft er tief und fest. Dabei schnarcht er so schlimm, dass im ganzen Haus niemand anderes mehr schlafen kann. Man könnte ihn vermutlich sogar im Schlaf wegtragen, ohne dass er es merken würde, wenn er nicht so schwer wäre.

Jedenfalls kamen Onkel Erwin und Olaf auf die Idee, ihm während einer seiner häufigen Besuche bei der Familie einen Streich zu spielen. Als er wieder einmal schlief wie ein Stein, färbten sie Onkel Alfons Haare knallrot. Sie flochten ihm zwei Zöpfe mit schwarzen Schleifchen dran und klebten ihm einen roten Schnurrbart unter die Nase.

Dann nahmen sie ihm seine Kleider weg und legten ihm stattdessen eine blauweiß gestreifte Hose mit breitem grünem Gürtel vor das Bett. Dazu einen selbst gebastelten Helm aus Pappmaché.

Als Onkel Alfons am nächsten Morgen noch ziemlich verschlafen zum Frühstück erschien, musste Katjas Papa so lachen, dass er sich verschluckte und seinen Kaffee quer über den Tisch prustete.

Onkel Alfons sah aus wie Obelix! Onkel Erwin und Olaf hatten ganze Arbeit geleistet. Erst jetzt bemerkte Onkel Alfons, dass etwas mit seinen Haaren nicht stimmte und es vielleicht einen Grund dafür gab, dass ihn ständig etwas an der Nase kitzelte.

Er raste zum nächsten Spiegel und fing furchtbar an zu schimpfen. Dabei wirkte er so komisch, dass alle anderen noch viel mehr lachen mussten.

Nachher stellte sich leider heraus, dass das Haarfärbemittel sich nicht wie auf der Packung angegeben, wieder aus den Haaren herauswaschen ließ. Onkel Alfons behielt knallrote Haare. Zumindest so lange, bis er sie kurzerhand abrasierte.

Lustigerweise ließ er sich trotzdem einen dicken Schnurrbart wachsen, so dass er jetzt aussieht wie ein Seelöwe. Besonders auffällig wird das, wenn er mit seinem Motorroller unterwegs ist. Er trägt nämlich keine Motorradkleidung, sondern einen schwarzen Taucheranzug aus Neopren und sieht damit noch mehr aus wie ein Seelöwe. Alle halten ihn deshalb für völlig verrückt. Er findet es aber gut, weil er keinen Fahrtwind spürt und bei Regen geschützt ist.

Kapitel 2 – Freiheit auf zwei Rädern

Obwohl Onkel Erwin und Onkel Alfons nur die Ausrüstung für die erste Nacht mitnahmen und Katjas Eltern den Rest transportieren würden, war der arme Motorroller hoffnungslos überladen. Die beiden Schwergewichte alleine brachten den Motorroller bereits an seine Grenzen, das zusätzliche Material ließ ihn fast zusammenbrechen. So kam es, dass die beiden im Schneckentempo in Richtung Alpenrand fuhren.

Onkel Alfons und Onkel Erwin machte das alles nichts aus. Sie fuhren im Schritttempo auf dem Standstreifen der Autobahn, spürten den Wind im Gesicht und genossen die große Freiheit auf zwei Rädern – auf zwei ziemlich platten Rädern …

Es störte sie überhaupt nicht, dass sie ständig von LKWs angehupt wurden und ihnen wild gestikulierende Autofahrer den Vogel zeigten, weil das, was die beiden da taten, absolut verboten war. Schade, dass sie kein Radio bei sich hatten, denn sonst hätten sie im Verkehrsfunk die Warnmeldung gehört, dass sich ein völlig überladener Motorroller auf der A7 auf dem Weg nach Süden befand.

»Du Alfons?«

»Jaaa?«

»Der Roller raucht ziemlich schlimm, ist das normaal?«

»Was willst du mit einem Aal?«

»Nicht Aal, sondern normaaaaal!«

»Schrei lauter, ich verstehe dich nicht.«

»Eben – und ich sehe dich nicht – vor lauter Qualm.«

»Wie jetzt Alm? Wir fahren doch an den See und nicht auf die Alm!«

»Ach vergiss es!« Onkel Erwin gab auf.

Endlich kamen die beiden am Campingplatz an. Inzwischen war es dunkel geworden und die Rezeption war schon geschlossen.

»Alfons, ich habe eine klasse Idee! Wir campen heute Nacht wild!«

»Genau, das haben wir doch früher auch immer getan und außerdem kostet es nichts«, entgegnete Alfons. »Erwin, da vorne war doch ein kleiner Parkplatz direkt am See, lass uns dort mal hinfahren.«

Am Parkplatz stand ein großes Schild mit der Aufschrift ›Übernachten verboten!‹

»Ob die heute Nacht den Parkplatz kontrollieren?«, fragte Onkel Alfons.

»Awaaas! Nie im Leben! Aber ich habe sowieso keine Lust hier unser Zelt aufzuschlagen. Lass uns runter zum Ufer gehen«, sagte Onkel Erwin begeistert.

Onkel Alfons fand die Idee prima und so klemmten sie sich Zelt, Schlafsäcke und Luftmatratzen unter die Arme und stapften los in Richtung Ufer. Was sie natürlich vergessen hatten mitzunehmen, waren ihre Taschenlampen. Die befanden sich nämlich bei der restlichen Campingausrüstung im Auto von Katjas und Olafs Eltern. Im Stockdunkeln stolperten sie die steile Böschung des Kiesstrandes hinunter.

»Wann kommt denn endlich das Ufer? Wir sind doch schon ziemlich weit gelaufen«, jammerte Onkel Alfons irgendwann.

»Weiß ich doch nicht, eigentlich müssten wir schon längst am Wasser sein. Aber es ist ja ein Stausee, vielleicht ist der Wasserstand dieses Jahr niedriger als sonst. Wir hatten ja auch wenig Schnee in den Bergen im letzten Winter und der See speist sich schließlich aus Schmelzwasser.«

Die beiden liefen und liefen. Endlich hörten sie das leise Auflaufen von Wellen an den Strand.

»Wir sind da!«, sagte Onkel Erwin erleichtert.

Kapitel 3 – Abenteurer in Seenot

Der Aufbau des Kuppelzeltes gestaltete sich weitaus problematischer, als beide zunächst angenommen hatten. Im fahlen Licht der über ihnen stehenden Mondsichel dauerte es lange, bis sie die richtigen Zeltstangen zusammengesteckt hatten. Nach einer gefühlten Ewigkeit stand das Zelt. Schnell bliesen sie ihre Luftmatratzen auf und krochen ins Zelt. Bald spürten selbst die Fische unter Wasser seltsame Vibrationen, die von den beiden Abenteurern herrührten, die um die Wette schnarchten.

Mitten in der Nacht wachte Onkel Alfons auf, weil er sich irgendwie unwohl fühlte.

»Habe ich mir in die Hose gemacht?«, war sein erster Gedanke.

»Wieso ist meine Hose feucht?«

»Du, Erwin.«

Erst hörte man ein verschlafenes Grummeln, dann ein nahezu unverständliches:

»Was ist denn?«

»Ähm, meine Hose ist nass.«

»Und was habe ich damit zu tun?«

»Kannst du mir bitte frische Unterwäsche leihen?«

»Nee, ich habe keine dabei«, langsam kam Erwin zu sich.

»Hä? Ich glaube, ich habe mir auch in die Hose gemacht!«

Beide setzten sich auf und spürten, dass sie nicht auf festem Grund saßen. Es fühlte sich eher an wie auf einem Wasserbett. Sie saßen in einer warmen, nassen Kuhle.

»Da haben wir aber viel gepinkelt!«, stellte Onkel Alfons fest. »Das ist ja eine ordentliche Pfütze!«

»Irgendetwas stimmt hier nicht, ich habe das Gefühl, dass wir uns bewegen, mach doch mal das Fenster auf und schau raus, was da los ist«, bat Onkel Erwin.

Onkel Alfons nestelte umständlich am Reißverschluss der Fensteröffnung herum, dann hatte er es geschafft und streckte den Kopf nach draußen. Was er da im Mondlicht sah, gefiel ihm gar nicht.

»Der See ist auf der falschen Seite vom Zelt, da ist überall Wasser!«

Onkel Erwin arbeitete sich zum Zelteingang vor, was das Zelt mächtig ins Schwanken brachte. Vorsichtig öffnete er von oben den Reißverschluss und traute seinen Augen nicht.

»Alfons, wir schwimmen!«

»Waas?«, kam prompt die erschreckte Antwort.

»Wir schwimmen! Frag mich nicht wie und warum, aber wir schwimmen!

Unser Zelt hat sich in eine Rettungsinsel verwandelt!«

Treffender hätte man es nicht ausdrücken können. Über Nacht war der See aufgestaut worden. Wo am flachen Strand vormals noch Trockenheit geherrscht hatte, war das Wasser nun knietief.

Das Expeditionszelt war von den Wellen hochgehoben worden und trieb nun mit den beiden in Seenot geratenen Abenteurern über den See.

»Was machen wir jetzt? Saufen wir ab?«, rief Onkel Alfons panisch.

»Awaas! Das Zelt war bislang dicht und bleibt dicht! Wir sind quasi in einer Rettungsinsel und müssen nur abwarten, bis wir irgendwo an Land gespült werden.«

»Nur gut, dass du dieses Zelt gekauft hast!«

»Ja, Qualität zahlt sich eben aus! Gute Nacht!«

»Du willst jetzt weiterschlafen?«

»Was denn sonst, es gibt ja nichts weiter zu tun.«

Onkel Erwin war schon eine echt coole Socke! Ein paar Stunden später, es war noch immer dunkel draußen, spürten sie, dass ihre Rettungsinsel mehr und mehr kippelte und schließlich hörten sie, wie der Zeltboden über Kies schleifte. Schnell öffneten sie den Eingang, kletterten hinaus ins knöcheltiefe Wasser und zogen das Zelt ein gutes Stück auf das Ufer.

»Wo sind wir?«, fragte Onkel Alfons.

»Keine Ahnung. Der Mond muss schon untergegangen sein, denn ich sehe ihn nicht mehr, aber der helle Fleck dort drüben am Himmel könnte die aufgehende Sonne sein.«

»Mir ist kalt, lass uns ein Feuer anmachen.«

»Feuer, das ist eine brillante Idee! Mir ist auch saukalt!«

Also suchten die beiden im ersten Licht des anbrechenden Tages trockenes Schwemmholz zusammen und entzündeten ein Lagerfeuer. Weil es Onkel Alfons nicht schnell genug warm wurde, warfen sie immer mehr Holz auf das Feuer. Nach einer Weile brannte der Haufen lichterloh und die Flammen zuckten mindestens fünf Meter hoch.

Endlich warm! Onkel Alfons war mit sich und der Welt wieder zufrieden. Zuerst wärmte er seine Vorderseite, dann streckte er seinen Rücken in Richtung Feuer, bis sein Hinterteil anfing zu dampfen. Plötzlich wurde es Alfons viel zu heiß! Er hüpfte jammernd herum und versuchte sein Hinterteil mit den Händen fächelnd abzukühlen. Onkel Erwin bog sich vor Lachen und gab ihm blöde Ratschläge.

Etwas später sahen die beiden in der Ferne immer mehr Blaulichter aufblitzen. Kurz darauf hörten sie auch die Sirenen der Einsatzfahrzeuge.

»Da muss irgendwo etwas Größeres passiert sein, soooo viele Blaulichter!«, meinte Onkel Alfons.

»Was da wohl los ist?«, fragte sich Onkel Erwin.

»Du Erwin, die kommen immer näher. Das muss irgendwo bei uns sein, da sind ja auch jede Menge Feuerwehrfahrzeuge dabei, aber es brennt hier doch nirgendwo, oder kannst du etwas erkennen?« Die beiden starrten in die Nacht.

Die Frage, wo es brannte, klärte sich rasch, als die ersten Einsatzfahrzeuge mit quietschenden Reifen direkt vor den Abenteurern zum Stehen kamen und Feuerwehrleute mit Atemschutz aus den Fahrzeugen sprangen. Befehle wurden gebrüllt und schneller als Onkel Erwin oder Onkel Alfons reagieren konnten, war das Lagerfeuer gelöscht.

Aber nicht nur das Feuer. Erwin und Alfons waren auch pitschnass! Sie hatten sich schützend zwischen ihr Feuer und die Feuerwehr geworfen, um die Löscharbeiten zu stoppen und gerieten dabei in den Wasserstrahl.

Laut prustend und schimpfend gingen sie auf die Feuerwehrleute zu, wurden aber nach wenigen Schritten jäh von Polizisten gestoppt.

»Was fällt Ihnen denn ein? Sie können hier doch nicht einfach ein riesiges Feuer anzünden!«

»Warum denn nicht?«, fragte Onkel Erwin den Polizisten erstaunt.

»Weil Lagerfeuer hier strengstens verboten sind!«, entgegnete dieser.

»Oh, Entschuldigung, das wussten wir nicht«, versuchte Onkel Alfons die Situation zu retten. »Das tut uns echt leid!«

»Tja, das hätten Sie sich überlegen müssen, bevor Sie dieses Flammeninferno entfacht haben. Kommen Sie jetzt bitte beide mit auf unser Revier!«, sagte der Polizist streng.

Auf dem Polizeirevier machten die beiden tropfnassen und frierenden Abenteurer einen so elenden Eindruck auf die Polizisten, dass ihnen angeboten wurde, die restliche Nacht in einer Zelle zu verbringen – freiwillig natürlich. Eine beheizte Zelle mit warmen Wolldecken! Man hat Onkel Erwin und Onkel Alfons selten so glücklich gesehen.

Die beiden schliefen sofort ein und schnarchten, dass die Wände wackelten. Erst am späten Vormittag erwachten sie wieder. Leider mussten sie den Feuerwehreinsatz bezahlen, was sehr teuer war.

»Für das Geld hätten wir problemlos in einem Luxushotel übernachten können«, bemerkte Onkel Alfons.

»Da hätten wir aber nicht so viel erlebt!«, entgegnete Onkel Erwin. »Das müssen wir gleich den Kindern erzählen, ich hoffe, sie sind schon angekommen.«

Kapitel 4 – Großfisch im Visier!

Es gab ein großes Hallo, als Alfons im Taucheranzug mit Erwin hinter sich auf dem knatternden und qualmenden Motorroller auf den Campingplatz fuhr. Alle Camper drehten sich staunend nach den beiden um.

Für Katja und Olaf, die sich mit ihren Eltern gerade im Wohnwagen häuslich einrichteten, war es ganz einfach, Onkel Erwin und Onkel Alfons zu finden. Sie mussten nur der dunklen Qualmspur folgen, die quer über den Campingplatz hinüber bis zur Zeltwiese führte.

Kurze Zeit später saß die ganze Familie rund um einen kleinen Campingtisch versammelt und hörte sich die Geschichte der in Seenot geratenen Abenteurer an. Ihr Lachen war auf dem gesamten Campingplatz zu hören. Danach ging jeder seinen eigenen Interessen nach.

Katjas Eltern fuhren zum Supermarkt und kauften Lebensmittel ein. Danach zogen sie erneut los, um eine nahegelegene, alte Burg zu besichtigen. Katja setzte sich in den Schatten eines großen Baumes und las ein Buch. Olaf ging in Richtung Steg davon, um zu angeln. Onkel Alfons und Onkel Erwin legten sich in die Sonne. Katja sah sich zu einem Kommentar genötigt:

»Hey ihr beiden, seid ihr sicher, dass ihr euch in der vollen Mittagshitze in die pralle Sonne legen wollt?«

»Aber klar doch!«, schallte es zweistimmig zurück.

»Habt ihr euch auch ordentlich eingecremt?«, wollte Katja wissen.

»Aber natürlich!«, schmetterte ein von Sonnenmilch glänzender Onkel Erwin zurück.

»Sonnenmilch? Das ist was für Babys!«, rief Onkel Alfons. »Ich bin gegen Sonne immun! Ich bekomme NIE einen

Sonnenbrand! Deshalb brauche ich auch keine Sonnenmilch.«

»Onkel Alfons, du spinnst! Du wirst schon sehen, was du davon hast!«, sagte Katja kopfschüttelnd.

Wenige Minuten später waren Onkel Alfons und Onkel Erwin von der angenehm wärmenden Sonne eingeschlafen – schon wieder. Beide lagen lang ausgestreckt auf dem Bauch.

Plötzlich hatte Katja eine Idee. Sie schlich in den Wohnwagen und holte einen Sun-Blocker Stift mit Lichtschutzfaktor 50. Dann schlich sie hinüber zu Onkel Alfons und malte ihm mit dem Stift ganz vorsichtig ein Zielkreuz auf den Hinterkopf. Danach schlenderte sie breit grinsend hinunter zum Steg, um Olaf beim Angeln zuzuschauen. Auch bei ihrem Bruder konnte sie sich einen schlauen Kommentar nicht verkneifen:

»Olaf, was willst du denn mit einer Meeres-Angelausrüstung? Einen Hai fangen? Hier im See? Die Angel ist doch viel zu steif, die Rolle zu groß und die Schnur zu dick. So fängst du nie etwas! Und schon gar nicht mit diesem riesigen Angelhaken! Wie viele Maiskörner hast du da draufgefädelt? 30? Du spinnst doch!«

Olaf hörte sich Katjas Gebrabbel in aller Ruhe an und entgegnete dann:

»Großer Köder, großer Fisch!«

Katja schüttelte den Kopf, drehte sich um und schlenderte auf dem schmalen Fußpfad direkt am Ufer weiter.

Als sie nach fast zwei Stunden zurück zum Steg kam, hatte sich an Olafs Angel noch immer nichts getan. Ein paar kleine Kinder schaufelten emsig Wasser aus dem See auf die alten Holzplanken des Stegs. Sehr zum Ärger von Olaf, der sich für sich und die Fische Ruhe wünschte. Als Reaktion auf die Störung hatte er seine Angel mit einem sehr großen Bleigewicht sehr weit in den See ausgeworfen. Sollten die Kleinen doch Krach machen, so viel sie wollten! Katja sparte sich weitere Kommentare und ging zurück zum Wohnwagen.

Sie goss sich gerade ein großes Glas Wasser ein, als sie vom Steg her lautes Geschrei hörte.

»Hiiilfeeee! Katja, Onkel Erwin! Ein Monster-Fisch hat angebissen! Ich brauche Hiiilfeeee!«

Olafs Geschrei war so laut, dass sogar Onkel Erwin und Onkel Alfons aus ihrem Mittagsschlaf hochschreckten und zusammen mit Katja zum Steg stürmten.

»Schnell! Ich kann ihn nicht mehr lange halten!«, rief Olaf verzweifelt.

Olaf hatte sich auf die Planken gesetzt und stemmte sich mit den Füßen gegen die Badeleiter, die ihm etwas Halt gab. Verkrampft hielt er seine Angel fest, die sich ganz krumm bog. Onkel Erwin war als erster bei ihm und griff sich die Angel mit den Worten:

»Gib mal her, für mich ist kein Fisch zu groß!«

Doch Onkel Erwin hatte sich mal wieder maßlos überschätzt.

»Pass auf!«, rief Katja.

»Awaaas! Mit der Sardine werde ich schon fertig!«, tönte Onkel Erwin, kurz bevor der Fisch ein weiteres Mal mächtig an der Angel zog. Onkel Erwin wurde ganz rot im Gesicht, weil er vor Anstrengung die Luft anhielt. Der Fisch ruckte erneut. Onkel Erwin stolperte und fiel mit einem lauten Schrei in den See.

»Ahhhhhhhhhh!«

Wenige Sekunden später tauchte er wieder auf, prustete und spuckte Wasser aus. Die Angel hielt er noch immer in der Hand.

»Eeeerrwiiiin, ich rette dich!«, rief Onkel Alfons und stürmte auf das Ende des Stegs zu. Dabei übersah er die nassen, glitschigen Planken. Als er ins Rutschen kam, war es schon zu spät. Onkel Alfons ruderte heftig mit den Armen, konnte sich aber nicht mehr abfangen. Mit einem lauten Aufschrei gefolgt von einem heftigen Platsch, landete er neben Onkel Erwin im See.

Alle, die sich auf dem Steg befanden, wurden klitschnass gespritzt. Es gab ein großes Schimpfen (von denen, die nass geworden waren) und ein großes Gelächter (von denen, die das Schauspiel aus sicherer Entfernung beobachtet hatten).

Onkel Erwin und Onkel Alfons hielten die Angel nun gemeinsam fest. Es gelang ihnen sogar, wieder auf den Steg zu klettern. Dann gab es ein großes Ächzen und Zerren. Plötzlich wurde der Widerstand schwächer und sie zogen mit vereinten Kräften einen Karpfen an Land, der ungefähr zwei Kilogramm wog. Alle sahen sich verblüfft an. Dieser Karpfen konnte unmöglich so heftig an der Angel gezerrt haben. Der Fisch hätte eigentlich zehnmal größer sein müssen, mindestens.

Katja konnte das Rätsel lösen, als sie sich den Karpfen näher anschaute. Auf beiden Seiten des Fisches waren halbkreisförmige Abdrücke zu sehen, wie sie nur von einem Wels stammen konnten. Welse sind Raubfische, die sehr groß werden können und dieser Bissabdruck war riesig. »Vermutlich hat der Karpfen sich den Haken mit dem Mais geschnappt", fing Katja an zu erklären. »Als er die Angelschnur spürte, ist er geflüchtet und hat so den großen Wels auf sich aufmerksam gemacht, der sich dann in ihm verbissen hat und nicht mehr loslassen wollte. Ihr habt also gegen einen mächtigen Gegner gekämpft und ehrenvoll verloren«, fasste sie zusammen.

»Wenigstens haben wir den Karpfen. Der ist genau richtig für das Abendessen«, meinte Olaf tapfer, denn eigentlich hätte er gerne den Wels erbeutet.

»Ich gehe mich erstmal umziehen«, verkündete der erneut klatschnasse Onkel Erwin. »Da drüben ist doch eine Umkleidekabine.« Er stapfte davon und hinterließ eine nasse Spur auf dem Boden.

»Welche Umkleidekabine?«, fragte sich Katja. »Hier ist doch keine Umkleidekabine. Trockene Sachen hat er sich auch nicht geholt?!«

Onkel Erwin fand den gesuchten Bretterverschlag, öffnete die Tür und schlüpfte hinein. Drinnen war es sehr dunkel und es roch extrem nach Rauch. Als sich seine Augen an die Dunkelheit gewöhnt hatten, wunderte er sich, dass überall um ihn herum Forellen hingen. Jetzt erst wurde ihm klar, wo er sich befand – in einem Räucherofen!

Onkel Erwin versuchte die Tür wieder zu öffnen, aber es klappte nicht, sie war ins Schloss gefallen. Dann hörte er draußen jemanden werkeln und hantieren. Er wollte sich nicht zu erkennen geben, da er befürchtete, dass er sich mit dieser Verwechslung ziemlich lächerlich machen würde. Es wurde wieder still. Puh, da hatte er ja nochmal Glück gehabt. Aber wie sollte er sich jetzt befreien? Wenige Augenblicke später strömte heiße Luft und Rauch aus einer Öffnung am Boden des Holzverschlags. Der Fischer hatte den Räucherofen angeheizt!

»Hiiiilfeeee!«, rief Onkel Erwin panisch. »Hiiiiiiiiiiiilfeeeeeeee! Ich ersticke!«

»Ruft da nicht Onkel Erwin?« Olaf und Katja schauten sich an und rannten los, in die Richtung, aus der die Schreie kamen.

»Hier Katja, es kommt aus dem Räucherofen!«, rief Olaf. Mit vereinten Kräften öffneten sie die Tür und zerrten Onkel Erwin an die frische Luft.

»Onkel Erwin! Was machst du denn? Du hättest vom Rauch ersticken können!«

»Danke, Kinder!!! Ihr habt mich gerettet!«, stöhnte Onkel Erwin.

»Du stinkst wie eine Räucherforelle!«, schimpfte Katja. »Du brauchst eine Dusche! Aber ich bringe dich hin, damit du dich nicht wieder verirrst.«

Vor dem Waschraum für Herren drückte Katja Onkel Erwin zwei Duschmarken in die Hand, damit er ausgiebig duschen konnte.

»Eine Duschmarke ist völlig ausreichend!«, beharrte Onkel Erwin.

Zur Erklärung: Auf manchen Campingplätzen funktionieren die Duschen mit sogenannten Duschmarken, die man in ein Kästchen in der Dusche einwirft. Daraufhin hat man für eine bestimmte Zeit Wasser zum Duschen. Das verhindert, dass Leute zu lange duschen und so andere Camper ewig warten müssen. Vom Wasserverbrauch ganz zu schweigen.

Erwin genoss das warme Wasser sehr, seifte sich von oben bis unten ein und – das Wasser stoppte. Er hatte zu lange gebraucht. Er hatte zu lange gebraucht und keine weitere Duschmarke bei sich.

»So ein Mist!«, schimpfte er. Onkel Erwin stand von Kopf bis Fuß eingeseift da. Die Seife lief ihm von seiner Glatze über die buschigen Augenbrauen in die Augen. Hektisch versuchte er, sich die Seife aus den Augen zu reiben, aber es wurde nur noch schlimmer.

In seiner Verzweiflung öffnete er die Duschtür, rannte splitternackt quer über den Campingplatz zum Steg und sprang in den See.

Erleichtert tauchte er inmitten eines immer größer werdenden Schaumteppichs wieder auf. Dummerweise war sein Auftritt nicht unbeobachtet geblieben und jemand hatte die Polizei gerufen.

»Sie schon wieder«, seufzte der Polizist, den Onkel Erwin bereits in der Nacht kennengelernt hatte.

»Ich habe hier eine Anzeige gegen sie wegen Erregung öffentlichen Ärgernisses und wegen Umweltverschmutzung. Was haben sie sich nur dabei gedacht?«

Kapitel 5 – Volltreffer!

Der Tag hätte nach all diesen Ereignissen jetzt eigentlich in Ruhe ausklingen können, aber da war ja noch Onkel Alfons.

Die ganze Familie saß um den Campingtisch versammelt beim Abendessen. Nur Olaf fehlte. Er wollte noch etwas aus dem Wohnwagen holen. Das sagte er jedenfalls. Für Außenstehende bot sich ein sehr seltsames Bild. Alle waren langärmelig und mit langen Hosen bekleidet, um die vielen Stechmücken davon abzuhalten, ihnen das Blut auszusaugen.

Nur Onkel Alfons nicht. Er saß in seiner Badehose da, denn er konnte keinerlei Kleidung auf seinem unfassbar schlimmen Sonnenbrand ertragen.

»Ich habe es dir ja gleich gesagt«, meinte Katja schnippisch. »Creme dich mit Sonnenmilch ein. Jetzt siehst du, was du davon hast. Zieh dir wenigsten etwas über, damit dich nicht auch noch die Mücken auffressen!«

»Mücken, wen interessieren schon Mücken! Ich bin immun gegen Mücken!«, gab Onkel Alfons lauthals an.

Der gegrillte Karpfen mit Kartoffelbrei und Salat schmeckte hervorragend!

Plötzlich fasste Onkel Alfons sich an den Hinterkopf. Auf seiner Glatze steckte ein Pfropfpfeil aus einer Kinderarmbrust. Der Gummipfropfen hatte sich beim Aufschlag festgesaugt und der Pfeilschaft wippte hin und her. Vom Wohnwagen hörte man Olaf rufen:

»Juuuhuuu, Volltreffer!!«

»Volltreffer?« Onkel Alfons sah erstaunt in die Runde. Als er sich umdrehte, fingen alle an zu lachen, denn auf seinem Hinterkopf war ein helles Zielkreuz zu sehen, genau dort, wo Katja es am Mittag mit dem Sun-Blocker Stift hingezeichnet hatte. Es hob sich sehr gut von der sonnenverbrannten Haut ab. In der Mitte des

Zielkreuzes ragte der Pfeil auf, den Olaf heimlich aus dem Vorzelt des Wohnwagens abgefeuert hatte. Onkel Alfons fasste sich an den Hinterkopf und begriff endlich.

»Mach dich darauf gefasst, dass ich mich rächen werde!«, sagte er gutmütig zu Olaf.

Als Onkel Alfons den Pfeil löste, gab es ein lautes Schmatzen, sodass alle noch mehr lachen mussten. So, jetzt hätte der Tag nun wirklich in Ruhe ausklingen können, aber etwas fehlt noch ... nämlich die Tatsache, dass Onkel Alfons sich genau 73 Mückenstiche zuzog. Die Kinder machten sich einen großen Spaß daraus, jeden einzelnen Mückenstich mit Kugelschreiber durchzunummerieren.

Als Onkel Alfons später in seinem Schlafsack lag und es ihm langsam warm wurde, begannen die Stiche mehr und mehr zu jucken. Sie juckten so schlimm, dass er nicht einschlafen konnte. Und dann noch der Sonnenbrand!

Irgendwann mitten in der Nacht hörte man aus dem Expeditionszelt ein langes Stöhnen, dann wurde der Reißverschluss aufgezogen. Onkel Alfons rannte runter zum Steg und sprang in den See, um seinen Juckreiz zu mildern. Aus dem Wasser ertönte ein lautes:

»Ahhhhhh, tut das guuuut!«

Zeitfracht Medien GmbH
Ferdinand-Jühlke-Straße 7
99095 Erfurt, Deutschland
produktsicherheit@kolibri360.de